山陰慕情

（最終歌集）

福島久男

短歌研究社

山陰慕情　目次

Ⅰ　私の好きな街・旅だより

装画　近藤三枝

山陰慕情（最終歌集）

Ⅰ　私の好きな街・旅だより

上野

ジン・フィズを呑みてさ迷ひしああ上野我をいつでも二十歳にする街

店内にグループ・サウンズの曲流るカクテルバーは上野にいくつも

改装し凮月堂の菓子甘く上野は一歩遠き街となり

緊急事態宣言中

ゴーフルを売る店今日も休みなり二十歳の日々にわれ焼きし菓子

酒汲みし上野に今は　蓮の咲く池の廻りの静けさに酔ふ

崎陽軒の「シウマイ弁当」

絵画見て「シウマイ弁当」買ひ帰る上野の森に蓮の花咲く

シウマイ五つご飯八つに仕切られて時惜しみつつ舌鼓打つ

竹の子の味濃いめなり歯ごたへは抜群なりきカリカリと食む

鳥苦手しかしけれども唐揚げはこの時ばかりとわれはほほ張る

甘さ良し大きさグッド玉子焼母の味なりのみどをくだる

好物のマグロ食むとき丁寧に起承転結四つに分けぬ

塩分は控へ控へてゐる為にこんぶ・ショウガに箸は少々

浅　草

熊手売る店はどつさり露店また人もぎやうさん幸も山盛り

あちこちに手締と笑顔渦巻きて熱気楽しや浅草酉の市

しなやかに熊手を担ぎ微笑みの和服女性はきつね顔なり

ゆりかもめ幾つも飛ばし陽に美肌さらしてゐるは隅田川なり

牛の胃を次は頭を撫で祈るスカイツリーの牛嶋神社

大観に負けてなるかと子の年の元旦の富士りりしかりける

浅草に人力車あり朝十時客の笑顔はもう弾けてる

観客の美人の笑顔もう一度スローモーション楽しき相撲

火の中を舞ひし男へいい加減降りて来いよと震災の絵に

三月十日陸軍記念日死語なれど空襲の日と脈を打つなり

成田屋！と声を掛けたり颯爽と見得を切りたりスカイツリーに

ぴつたりと手型とわれの手と合ふは京マチ子なり散歩楽しや

冬見ればりりしさのあり春来れば芽のごとき筆万太郎の句碑

浅草や鬼灯を売る娘らの色めく声も御利益なりき

故　郷（東京都北区滝野川）

初午の王子稲荷の凧市に故郷さ迷ふわれも凧かな

車窓には友の面影二つ三つ都電は巡る故郷をぐるり

顔見世の役者のごとく新米の売らるる街の天高き空

歌ひ手の訃報流れてザ・ピーナッツの声に耀ふわが反抗期

ふりむけば父母兄と笑顔にて囲むテレビの「シャボン玉ホリデー」

吉展ちゃんを「かえしておくれ今すぐに」時は巡りて横田めぐみを

風景が奇術師となり一本が四本になるお化け煙突

叩き売るバナナの前に足の向くテレビ無き世の芝居のひとつ

年齢を重ねるごとに滑稽が哀愁となるチンドン屋かな

朝の町チリーンチリーンと野菜ゴミ集める音が元気を配る

叱られて火の用心の拍子木を聞くために見る星の泣くさま

父母に戦争体験聞かざるをそれで良いのだと朝顔の白

その空き地

父母も野菜作りしその空き地終戦直後の家計支へぬ

塀が出来囲ひはあれど凧上げの記憶高々太陽浴びぬ

ヘリが撒くビラを拾ふに最適地店の宣伝きらきら舞ひぬ

がつちりと鍵の掛かりて恨めしく見つめてゐたり「電電公社」の字

四階建てどかんどかんと級友も幾人かゐる公社の社宅

新聞を配りしわれに林檎をばくれたるは二階の奥さん

古里を捨てたるわれが久々に巡りてみればまたまた空き地

チラシには二十五階の住宅の派手な図柄がさやうならと言ふ

九段

今年から「標本木」はこの花と靖国神社は仮面を剝ぎぬ　平成二四年

今日もまた上野の山の西郷を恋うてゐるなり大村益次郎

元旦の気温九度の北の丸観測地点に耀ふ初日

一度だけ千鳥ケ淵墓苑には行きしことあり静けさ苦手

「アジャンタ」のひき肉カレー好みにて目からも汗を流して食みぬ

給料日たんめん・餃子とお決まりの「おけい」の座敷思ひ出すなり

われの知る個性豊かな記者たちの面影いくつ竹橋のビル

こなごなに特殊法人叩かれてわれの青春乱反射なり

その昔軍人会館と呼ばれたり次に建つのはのつぺらぼうかな

父たちの戦友会の定宿ぞ宴会さぞや「だつぺ」あちこちに

戦友と旅をなしたる笑顔にはわれの知らざる父の眼差し

古里と縁を切りたる父なれど語尾の「だっぺ」を終生離さず

国のため散りたる者を妬みつつわれは病ひに地震に死ぬるや

戦争は書にてのみ知るぺらぺらとマッチで燃ゆるわが知識かな

九段にて九年過ごし出世には縁は無けれど九段好きなり

東京都千代田区九段は、勤めていた組織の本社等があったので、私の青春の街である。今はBC級戦犯の資料を閲覧するために、時折国立公文書館に通っている。昼休みに皇居周辺を走った事、医科歯科大学で吉本隆明の講演を聞いた事、千代田公会堂で三島由紀夫の講演を聞いた事、同じビルに放送局が入っていたので、当時のアイドルの栗田ひろみを見かけた事などを、走馬灯のように思い出す。近くの店舗などは時代とともに変貌しているが、北の丸公園や靖国神社などはそれ程の変化はない。それが嬉しい。

谷　中―全生庵

円朝の眠る寺にて葉月に虫干しさるる幽霊画なり

静かなる幽霊画あり蚊帳の前すらりと立ちぬほろりと惚れぬ

鰭崎英朋

「蚊帳の前の幽霊」の画に汗引きぬ透き通る肌あな美しや

蔵の中夏の日射しはうつすらとわれの瞳も螢火となる

お菊様すらりと清楚画より聴く皿を数ふる声のくぐもりを

「髪を噛む幽霊」纏ふ寂寥はわが自画像に今日も宿りぬ

指折りて生きし口惜しさいろはにほまだまだ足らぬ闇夜に笑ふ

根岸

逞しさ直向きさにも驚きぬ病床にて読む子規のこころを

豆腐食みつぎに子規庵尋ねたし病床《とこ》にて綴るわが文字愼まし

ラヴホテルどぎつき化粧のその先に明治の香りの子規庵はあり

硝子戸を子規は喜び庭辺には囀る鳥も春にたゆたふ

つぎつぎと子規の机を丁寧に撫でて微笑む来館者たち

ゆつたりと根岸の里は時刻む羽二重団子に茶柱を呑む

子規庵にて貰ひし種はすくすくと絵にもうたにも鶏頭自在なり

「越し人の墓」　染井墓地

やうやくに片山廣子の若き日の写真探しぬやはり美人なり

かぎろひの廣子と息子の墓写す桜ほのかに珠玉の一枚

案内に「越し人の墓」の記載なく知る人ぞ知るこれも良きかな

芥川と廣子の墓は距離にして徒歩五分なり物ねたましき

旋頭歌をわれに教へし芥川声にして読む恋のこころを

四谷

路地歩み四谷「わかば」のたひやきを食みつつ辿るお岩稲荷まで

お岩様貞女のゆゑに縁結び厄除けなどもうれしご利益

北斎の提灯に描くお岩様目玉ぎよろりと泣きてゐるかな

飛び切りの美男であれよ卓越の演技であれよ伊右衛門の悪

師走には「忠臣蔵」を夏くれば「四谷怪談」ぴたり帳尻

愛宕山（東京都港区　標高二十五・七メートル）

水戸藩士ら息をひそめ集ひたる桜田門へ続く石段

降り積もる安政七年三月の桜田門の血しぶきの雪

天を突く「出世の石段」に足すくみエレベーターはわれを待つなり

授かりし「勝運御守護」黄金の光を放ちわが胸温めむ

愛宕山事件　ポツダム宣言の受諾・降伏終戦に反対した「尊攘同志会」が愛宕山に籠もった。警視庁が下山を求めるも抵抗したため、昭和二〇年八月二二日射撃・突入に際し首領・飯島与志雄らは「聖寿万歳」と叫び手榴弾にて玉砕。

十人が死亡、同二七日妻二人も同地に於て自決。愛宕神社境内に「殉皇十二烈士女之碑」「弔魂碑」が建っている。「天なるや秋のこだまかとこしへに愛宕のやまの雄たけびのこゑ」（三浦義一）の歌が刻まれている。

降伏の終戦拒む雄叫びに数へ十八も混じる遺詠なり

「敗戦の山河に空し蟬時雨」句を託し引く手榴弾の紐

降りしきる愛宕山より轟きぬ八月二十二日の血しぶきの雨

後追ひし妻二人ゐて碑は「十二烈士女」と刻む鑿かな

都区内の最高峰の山なれば空気はひやり名残りの絶景

小樽・函館

テーブルに紺の折鶴われを待つ疲れ癒やせと小樽のお宿

多喜二の死思ひつつ見る月光の蒼のゆらゆら運河の眠り

函館は坂の街なり下るほど海の両肌《もろはだ》眩しかりけり

函館の大火・空襲・洞爺丸　夜景は今も命のきらめき

大森浜の海鳴りを聴く啄木の像を囲みて最後のスナップ

函館の旅より帰り無性に「飢餓海峡」の暗さ恋ふなり

娼婦の一途な想ひ白黒《モノクロ》の左幸子が琴線を衝く

旭山動物園

「イケメン」と少女ら告げるオオカミは鼻筋すらり朝日を拝む

見つめると首をすくめるフラミンゴ片足立ちは踊子のさま

ペンギンの泳ぐ姿に喝采を立ち姿には笑みが良きかな

懸垂をせがむ子を抱きて颯爽と母てながざる自在の動き

オランウータンを「怖い怖い」と泣く子あり動物の目にも宿るや涙

動物も見た目が全て嗚呼熊よ黒は獰猛白は愛嬌

お静かに！白ふくろふの瞑想は深き谷間のせせらぎに似る

北鎮記念館

粗末なる屯田兵の住まひなど語り継がれて今日も青空

ひた隠し戦後の波に残したる第七師団史の七冊厚き

最強の師団の赴く激戦地南の島に雪の降るなり
加東大介「南の島に雪が降る」

鎮魂碑の大きさゆゑに込みあぐる一木支隊の苦悩と武勲を

紅白の羽根をあしらふ礼服に「お洒落」と告ぐる娘らの声

ごろごろと人参じゃがいも豚肉と「北鎮カレー」に元気もりもり

北見

たちまちに悩みごとをも消す匂ひハッカの里の北見青空

野付牛おもしろき名ぞ公園にごろりと寝ねて空気を食みぬ

じつくりとぶなの林を焼き付けし目玉二つを閉ぢ行くホテル

戦犯の非命の墓も尋ねたりハッカの里に似合ふ雨かな

ミーハーは「赤いサイロ」を並び買ひ自慢して食む北見懐かし

最北端　稚内

くるくると風力発電は樺太に手を振るごとく愛しさ添ふる

最北の波音を聞く三百の真黒き牛の耳尖りたる

昭和五八年九月一日　大韓航空機撃墜事件

鳥肌の立つサハリン沖の撃墜の哀しみと怒りは鶴の祈りに

折々に海の青さの恋しかり最北端の「到着証明」なり

九人の乙女の碑

耳すます樺太真岡の乙女らの「さやうなら」の声に両手を合はす

紅き花はＮＴＴの寄贈なり真岡の乙女の笑顔の浮かぶ

急坂に息を弾ませ樺太の島影探すをきつねに見られたる

辿り着く百年記念館に空晴れて褒美のごとく樺太望む

利尻・礼文を巡る人へと温かき朝四時半のホテルの食事

遺跡から熊の彫刻現るる二千年前の生存記録
礼文島

まづ帽子次はこの身を飛ばすほどスコトン岬は風の絶景

最東端　根室

ひた走る雨の根室の看板の「返せ！北方領土」の直立不動

朝八時「ここに幸あり」の曲流れ焼きたてのパン珈琲旨し

いち早く朝日の昇る岬にて還らぬ島々の叫び見るかな　納沙布岬

どかあーんと旅の疲れを吹き飛ばす花咲蟹の赤のぬりたて

口紅きぬひぐるみなりエトピリカ机の上で朝に微笑む

金　沢

鏡花と秋声の里の浅野川情念秘めて流れの涼し

鏡花の愛でしうさぎにあやかりし人気御守われの手跳ねる

犀星のゆかりの寺の雨宝院住職気さくに手紙並べぬ

ほかほかも冷めてまた良し千枚田おむすび旨しああ千枚田

人生の約束（富山）

家持の「かたかごの花」万葉に親しむ端緒は越中のうた

心持海ひけらかし氷見線はほがらに走る雨晴《あまはらし》の辺り

ブリにイカ舌鼓打ち秋の深まりに酔ふ氷見の宿かな

ドラえもん・レトロ電車のガタビシと万葉線楽し新湊行く

人生の約束のごと尋ねたり君の故郷の海の煌めく

志の輔の新湊高校ひとめぐり君の後輩の華やぎ見たり

懐かしや柳行李の薬売り赤玉・熊の胆《い》風船嬉し

＊　＊　＊

雨風のダム観光も胸燃ゆる若き日に見し「黒部の太陽」

観光の放水なれどまばたきもシャッターもまた忘れてゐたり

今見れば「黒部の太陽」泣かせるは穴掘り男の辰巳柳太郎なり

駅員も電力社員も手を振りて緑深まるトロッコの旅

吉村昭『高熱隧道』

黒三の『高熱隧道』読み終へて黒部電源に抱く畏敬かな

滋賀の湖

いづくにか向かふ姿にすらり立つ十一面観音の白眉の渡岸寺《どうがん》

そそり立つ階を昇りて弁天へ祈りは深き竹生島なり

梅幸の踊り恋しや大津絵に藤娘あり迷はずに購ふ

燃ゆるなり「不滅の法灯」赤々とわれの寿命の残りの色ぞ

叡山の下りに眺む湖の色蒼の眩しく息呑むしばし

熊野

礼をなし百三十メートルの滝音と心の響きをぴたりと合はす

岩肌を金色に描くあらたかな後藤純男の「那智」の凄みかな

大滝と日本一の御籤棒小吉なれど満足は大

四百段昇り昇りて手にしたる八咫の烏の「勝守」なり

黒あめの「那智黒」を購ひ遙かなる飛滝権現《ひろうごんげん》へ合はす両の手

「ちはやぶる」定家の歌の記されし「なぎ人形」は家内安全

天橋立

お住まひは船のお宿の上にあり歯のごと並ぶお家の灯り

海猫が遊覧船をとり囲み伊根の海辺は笑顔の満ちる

海二つ寛・晶子の歌碑を見て天橋立のさざ波を聞く

股のぞき小式部内侍の叶はざる天橋立に食む鯛の寿司

手を振りて迎へ入れよとシベリアの還りし者に舞鶴の町

隠岐

われこそは新島もりよおきの海のあらきなみ風こころしてふけ　後鳥羽院

バスガイド「新島もり」を朗々と吟じる隠岐の旅のはじまり

イカ刺しに朝昼夕と舌鼓太陽のごとわれは笑まひぬ

こんなにも夕陽を焦がれ慾深くローソク島にストライク待つ

幾たびも角突き合はす黒牛の息の白さに拍手忘れたり

二日とも欠けることなき月眺む部屋の掛軸後鳥羽院御製

神在月

堀巡り青葉の内をなめらかに船頭唄ふ島根民謡

しじみ採る舟眺めつつのどぐろの白身の旨し朝の宍道湖

ローソクの炎のやうに祈りつつ竹島資料室の展示目に焼きぬ

注連縄の何とも雄々し参道に神在月のハンカチを購ふ

「稲田姫」「大和魂」「鯛」もあり出雲の御守多彩なるかな

城崎にて

「御所の湯」の露天の星を丁寧に余命のごとくと数へてゐたり

湯上がりに息呑むほどのぬくもりを灯す川辺の宿の連なり

城崎に八回来たる思ひ出を直哉先生褒めてくだされ

鮨つまむそのひとときに虹のごと「小僧の神様」の屋台の浮かぶ

不器用な女中と母が重なりぬ大正時代の「流行感冒」

湯村の里

脚本家追悼のための再びの「夢千代日記」に心奪はるる

原爆の詩の朗読のきつかけは「夢千代日記」と吉永小百合は

清純派苦手なれども夢千代の吉永小百合に涙腺緩む

被爆せしをみなの胸の残り火をきりりと燃やす歌は純孝

前田純孝

湯けむりの時の流れはのほほんと湯村の里に鳴らす下駄かな

大津島

うつせみの「人間魚雷」新緑と母への手紙どれもわれを撃つ

回天を運ぶがためのトンネルにこんこんと聴く真水のしたたり

手を合はせ「忘れないさ」と回天の死者の名唱ふ石碑の夕陽

中也の詩二十歳の頃を炙り出し泣くも笑ふもわれは古希なり

湯田温泉

ああ中也温泉街の情緒無くどでかいホテル風無言なり

四万十

船の灯を見ることも無く土佐清水海は漆黒かくも簡潔

にこやかにチャンバラ貝の名を告げて清々しさも並べるお宿

椿咲く小徑の奥処灯台に負けぬ円みの虎彦の碑あり　足摺岬

のどかなる四万十川の沈下橋ののっぺらぼうに足の竦みぬ

ひとつづつ蜜柑置かれる席に着き遊覧船に透明度見る

鹿児島

人生に忘れものあり七十路《ななそぢ》に特攻基地をいくつも巡る

プロペラの紅きが眩し零戦がわれら迎ふる鹿屋の史料館

片道の燃料のみの特攻は嘘と舌出す開聞岳見ゆ

数多なる遺影と遺書を目に入れて渇きし喉に知覧茶をごくり

五十五の命の重さひつそりと神雷部隊の桜花の碑あり

指宿の海は絶景波静か特攻兵の祈りのごとし

火之神は戦艦大和の慰霊碑を潮風に抱く公園の名なり

犬を抱く荒木幸雄の出撃地万世ここも懇ろに見たり

慰霊碑のぽつんと建ちし基地もあり忘れられたる草の茂れる

夢の台湾

あちこちに旧漢字ありたちまちに顔の綻ぶ台北の街

六人の教師殺されし慰霊碑は景色抜群もヤブ蚊の多し

豪華なるブーゲンビリアのピンク色八田與一の屋敷の青空

ステージに美空ひばりの曲流れ日本情緒に浸る高雄なり

日本では余り見かけぬ黒き犬人懐つこく闇に溶け込む

台南の田舎の村のバナナの木旅情たつぷり実りてゐたり

ど派手なる爆竹ののち歓迎の海軍マーチは夜の台中

台中に忘れしパジャマ台北に手品のやうに届くあたたかさ

森洋子先生と行く「ブリューゲルに出逢う旅」

一九九五年八月一二日〜八月二一日

バベルの塔—ロッテルダム

旗立ててブリューゲル見し旅思ふ至福の時の秒針なども

暗き絵のバベルの塔の迫力に時に切なく時に愛しく

ウィーンのバベルの塔と比べたし細部たつぷり目に焼き付けぬ

イカルスの墜落のある風景

イカルスはどこぞどこぞと見つめたりブリューゲルの皮肉楽しかりけり

釣り人は気づかざるなり墜落を海のあをにも染まらぬ男

イカルスを探す男の眼は空に犬は地上をきりり見つむる

ブラッセル舌に転がすチョコ旨し石の畳の広場も好み

悪女フリート

剣握り鍋釜抱へフリートは母の戦中炙り映しぬ

地獄とはあの世とこの世の通路にて「悪女フリート」胸に貼り付く

地獄絵に羽根を休めし鳥一羽これブリューゲルの魂なるや

ぐいぐいと視線手繰らるる苦しさも愉悦となりてアントワープ恋ふ

ほの暗き美術館なり赤々と地獄絵照らす炎耀ふ

雪中の狩人

明日の日は美術館とぞなかなかに冷やす術なき胸を抱き寝る

階段を昇りて左二つ目は「ブリューゲルの部屋」この日ぞ来る

幾たびも夢また夢に目の前に「雪中の狩人」われは抱かるる

たちまちに雪踏む音と吠え声と鳥のさへづり眼に飛び込みぬ

この絵をば見るためにわれ生きてウィーンにゐる夢のごときと

美貌なる森先生とのツーショット写真に宿るウィーンの風

眠れぬ夜眠りたくなき日のあらば「雪中の狩人」の細部を想ふ

サウロの回心

馬の尻大きく描き仕掛けたるブリューゲルの罠蜜の味かな

行軍のやつれし兵に支那の道昇り行く父と不意に重なる

あらはなる地肌それぞれ濃淡の美しき絵なり「サウロの回心」

矢を交へ戦ふ兵の遠景の水平線はのびのびの青

子供の遊戯

「木登り」の子供は次に何遊ぶ孤独を終へて輪になり回れ

たちまちに小学生に戻るかな遊びたくさん笑顔たくさん

君いつも「花嫁ごつこ」の主役なり三度嫁ぎし噂を聞きぬ

敗戦の傷跡多きふるさとも虹色映ゆる「シャボン玉」にて

皆何処へ消えしものやら歳月は濁流なりきこの「鬼ごっこ」

農民の婚宴

花嫁は小さく地味に花婿はどこぞどこぞと見つからぬなり

花嫁よりも料理を運ぶ人晴れ晴れと描くブリューゲルなり

皿にある料理「ブレイ」と先生の声を囲みて館内静か

楽しさを絵から授かり笑顔にて旅行者は皆ブリューゲルファン

農民の踊り

手をつなぎ踊りに馳せる女男のゐてときめき迄も描きし絵なり

踊りの輪遠く彼方の絵のゆゑに立ち去りがたく何時までも見る

赤ワインウィーンの森にて呑みしこと胸ほのぼのと思ふ酔ひなり

ウィーンにまた来ることを祈りつつ美術史美術館の階段下る

二百枚「雪中の狩人」の絵葉書をバッグに詰めて教会巡る

Ⅱ　美術館・文学館巡り

ゴヤ　光と影

国立西洋美術館　二〇一一年一〇月二二日～二〇一二年一月二九日

二十年の月日過ぎれば大半は忘却なりきスペインの旅

奇妙な柱の並ぶガウディのグエル公園にて食みし硬きパン

昼寝《シエスタ》とふ言葉懐かしスペインの頑固親父の売る土人形

ムール貝いくら食べても減らぬゆゑワインおかはりバルの朝陽に

行けるならコンポステラへもう一度聖堂の月ヤコブ眠れる

幼年期華やか過ぎて後のこと知らぬが仏マルガリータ王女

天才ゴヤは運命までも描くかなマリア・テレサの少女の笑みは

絵が動く　両手を高く掲げたる男を殺す銃の音響く　「五月三日」

「裸」より「着衣」の方に妖しさを感じる夜は雨が楽しみ

りーんりーんと「裸」と「着衣」の両方を見し思ひ出は鈴の音となる

マハは誰謎のそれぞれ華なりきわれに楽しきアルバ夫人の説は

長く生き闇の世界を知りたれば「自画像」に描くふてぶてしさも

晩年にゴヤ拾ひたる幸いくつ「ミルク売る娘」の瞳のつぶら

ジャクソン・ポロック展

国立近代美術館　二〇一二年二月一〇日〜五月六日

床に画布絵の具ポタポタ垂らしゆくポロックの線に脈の通ひぬ

抽象画ダリ・ミロ・ピカソどれも皆われを嘲笑ひぬポロックは微笑む

抽象画苦手なれどもポロックの赤　黒　黄の線に微笑む

四十四の事故死のことも魅力とし春夏満ちて少し秋風

ポロック展にちなみ創らるるケーキをば舌に転がすグランド・パレス

春画展

永青文庫　二〇一五年九月一九日～一二月二三日

名のとほり胸突坂に息切らし永青文庫にわれも吸はれる

「まあきれい」若き娘らの感嘆の熱気渦巻く春画展なり

ふところに春画携へ戦はば勝つとふ伝へ華やぎて聴く

大胆に海女は抱かるる北斎の筆ののびのび蛸のくねくね

阿部定に見せたき絵なり局部をば食ひちぎりたるをみな舞ふ空

歌麿の女人の肌眩しくて乳を吸ふ児の瞳忘られず

阿呆面の細川護熙が胸を張る永青文庫の春画展かな

漱石山房記念館

果てしなき航海を終へ帆をおろす港のごときわれの漱石

漱石の弟子の心地に木曜日尋ぬるが良し山房記念館

曇り日も窓窓窓の明かりなり蔵書ほとんど英書に驚く

有難や「一陽来福」のお守りを授け受けしは三十年振り

校舎の蔦も懐かしの思ひ出の「猫」「坊ちゃん」の感想文かな

風景にはづれ馬券があるならば三四郎池と漱石に告ぐ

死蔵せし「漱石全集」に手を伸ばす定年ののちの喜びのひとつ

長谷川利行展

府中市美術館　二〇一八年五月一九日～七月八日

出迎へは長谷川利行歌集の裸婦の素描はあどけなきかな

息を呑む「夏の遊園地」の色使ひ屋根・看板の赤が好きなり

震災の遊女らの死を見たるのち慈しみ込め浅草を描く

ああ今も「電気ブラン」の神谷バー絵の雰囲気は店のあちこちに

ああ不意に泣きたくなりぬ望郷を奏で奏でる「お化け煙突」

下町に惑溺したる画家なれば行き倒れこそ利行の誉れ

終焉の養育院はわれの区に「水泳場」の画も板橋は持つ

美空ひばり記念館

好物のくわりんとう食み美空ひばりの好みの紫を見る

「てなもんや三度笠」など思ひ出し笑顔にて見る弟の遺影を

貫禄と茶目つ気もまた魅力なりひばりの孤独切に愛しや

仏間には国民栄誉賞・楯もあり朝の光にほつこり和む

貨幣博物館

清張の『西郷札』の読後をも併せて見たり西郷札を

十円の議事堂紙幣久方の母の声聞く故郷恋し

嫌ひたる穴無き五円時を経て最も欲しき硬貨となれり

前の世の記憶たぐりて朱や文を握りし頃の八百八町

北風のネオンの街に乱費せし青春の日々は金貨のごとし

大嘗宮《だいじやうきゆう》

令和元年一一月一四日　天皇の即位に伴う大嘗祭が行われ
大嘗宮が一一月二一日～一二月八日一般公開された

木造りの大嘗宮のりりしさは風も空気も包みてゐたり

透き通る紅の紅葉も日本画にピッタリなりき乾通りは

皇居の紅葉を見るは人生を彩るためと頰まで染むる

人混みに揉まれやうともミーハーは大嘗宮に胸を躍らす

ロンドン・ナショナルギャラリー展

国立西洋美術館　二〇二〇年六月一八日〜一〇月一八日

見つめると「少女の像」はけなげる呼吸《いき》をしてをりルノワールの画

「ヴァージナル」とはいかなる音色息を呑むフェルメールの光のどけし

手を合はすステイホームの虚しさをモネの睡蓮の筆の運びに

コロナ禍の日時指定の有り難さ「ひまわり」ゆつたりほれぼれ見たり

ロンドンの「ひまわり」しかと目に焼きてSOMPOの花と較ぶる楽し

「書を捨てよ、町へ出よう」と絵画見てシウマイ弁当食む幸せよ

King＆Queen展

上野の森美術館　二〇二〇年一〇月一〇日〜二〇二一年一月一一日

父母の墓を移しぬほど近く漱石記念館ほんのり自慢

殉教のジェーン・グレイへ漱石の愛惜刻む『倫敦塔』なり

ああつひにロンドン塔へ行かざればアン・ブーリンの霊に出会はず

女王の孫も容疑者イギリスの「切り裂きジャック」の闇の面白

ミーハーの証しなるかなダイアナ妃の絵ハガキ・手帖嬉々とし購ふ

Ⅲ　国史百首　＋　修身

三種の神器《じんぎ》とは、八咫鏡《やたのかがみ》・八尺瓊曲玉《やさかにのまがたま》・天叢雲剣《あめのむらくものつるぎ》なり。
八咫鏡は伊勢の神宮に、八尺瓊曲玉は宮中に、
天叢雲剣は後に草薙剣《くさなぎのつるぎ》の名に熱田神宮にあり。

八雲立つ　出雲八重垣　妻籠みに　八重垣作る　その八重垣を

素戔嗚尊《すさのをのみこと》

出雲ゆき八重垣神社に手を合はせ歌碑の写真に手を合はす今

倭は　国のまほろば　たたなづく　青垣《あをがき》　山隠《やまこも》れる　倭しうるはし

倭建命《やまとたけるのみこと》

與重郎・佐美雄の源流を辿りてみれば倭建命なり

仁徳天皇

高き屋に登りて見れば煙立つ民のかまどはにぎはひにけり

かまどにて米炊く母の姿思ふ遠きむかしの炎はやさし

〇十七条憲法制定　六〇四年

聖徳太子

家にあらば妹が手まかむ草枕旅に臥《こ》やせるこの旅人あはれ

堂々と「日出づる處」と記したる太子のこころ優しきこころ

○大化の改新　六四五年　大化元年

渡津海《わたつみ》の豊旗雲に入日さし今夜《こよひ》の月夜清明《あきら》けくこそ

中大兄皇子

月を待ついにしへ人の姿をば思ひ描きて夕陽を見たり

○壬申の乱　六七二年

ももづたふ磐余《いはれ》の池に鳴く鴨を今日のみ見てや雲隠《くもがく》りなむ

大津皇子

早世の無念の者の放ちたる淡き銀あり『万葉』豊か

北山にたなびく雲の青雲の星離れ行き月を離れて

持統天皇

日本の国号ここに定めたる女帝の手腕恐るべきかな

千万《ちよろづ》の軍《いくさ》なりとも言挙げせずとりて来ぬべき男《をのこ》とぞ思ふ

高橋虫麻呂

脈々と戦国の武将に昭和の将校たちに迸る血なり

○東大寺大仏開眼供養　七五二年　天平勝宝四年

橘は実さへ花さへその葉さへ枝《え》に霜降れどいや常葉《とこは》の樹《き》

聖武天皇

大仏や国分寺をも建立し天平文化の花みづみづと

○『古今和歌集』成立　九〇五年　延喜五年

醍醐天皇

かくてこそみまくほしけれ万代《よろづよ》をかけてにほへる藤波の花

勅命の『古今集』こそ今の代もかぐはしき花数多咲かしむ

菅原道真

東風《こち》吹かばにほひおこせよ梅の花あるじなしとて春を忘るな

梅の歌恩賜の御衣の詩とともに心に響く道真の望郷

恵心僧都源信の母

後の世を渡す橋とぞ思ひしに世渡る僧となるぞ悲しき

寒風の夕べに開く書にて知る倅を諭す母よ恋しき

藤原道長

この世をばわが世とぞ思ふ望月のかけたることもなしと思へば

道長の栄華のほどを団子食みうさぎとともに映画《シネマ》にて知る

○前九年の役　一〇五一年　永承六年
○後三年の役　一〇八三年　永保三年

源義家

吹く風をなこその関と思へども道もせに散る山ざくらかな

清少納言「はるかなるもの」と綴れどもさくらの関は身にぞ沁み入る

○保元の乱　一一五六年　保元元年
○平治の乱　一一五九年　平治元年

後白河法皇

幾千代とかぎらざりける呉竹や君がよはひのたぐひなるらん

義朝に父と弟清盛に叔父と従兄弟を斬らせし処分

崇徳《すとく》上皇

浜千鳥あとは都にかよへども身は松山に音《ね》をのみぞ鳴く

馬琴には『椿説弓張月《ちんせつゆみはりづき》』を三島には戯曲を書かせし怨霊

西行

よしや君昔の玉の床とてもかからんのちは何にかはせん

音読が念仏となる心地かな語りものにも西行似合ふ　雨月物語

源頼政

花咲かば告げよといひし山守の来る音すなり馬に鞍置け

頼政の腰を浮かせしその姿ありありと見ゆる花は良きかな

○平家滅亡　一一八五年　寿永四年

さざなみや志賀のみやこはあれにしをむかしながらの山ざくらかな
平忠度

忠度のこころをしかと受けとめし『千載集』の俊成の撰

思ひきや深山の奥にすまひして雲居の月をよそに見むとは
建礼門院

滅びたる平家の語り琵琶になり群像劇と余韻の続く

源頼朝

陸奥のいはでしのぶはえぞ知らぬ書き尽くしてよ壺の石ぶみ

政権は北条に行き人気をば平家・義経に奪はれし人

静御前

しづやしづしづのをだまきくりかへし昔を今になすよしもがな

日本のあちらこちらにゆかりの地美男と美女の出没楽し

源実朝

山は裂け海はあせなむ世なりとも君に二心《ふたごころ》わがあらめやも

頼朝の心を継ぎし実朝の倒れし公孫樹すくすくと伸ぶ

○源氏政権の終焉　一二一九年　承久元年

○承久の乱　一二二一年　承久三年

後鳥羽院

思ひやれましばのとぼそ押しあけてひとりながむる秋の夕暮

隠岐ゆけば後鳥羽院さんと島民の親しみ込めて吟ずる御製

順徳院

むすびあへぬ春の夢路のほどなきにいくたび花の咲きて散るらむ

ひそやかに花の散りゆく佐渡からの風のいとしき二十二年を

○文永の役　一二七四年　文永一一年
○弘安の役　一二八一年　弘安四年

亀山天皇

世のために身をば惜しまぬ心ともあらぶる神は照らし見るらむ

時宗は元を撃退し家門には名誉を得たり逆転の劇

親鸞

明日ありと思ふ心のあだ桜夜半に嵐の吹かぬものかは

親鸞は作家の心惹きつけぬ英治・文雄・寛之もまた

○鎌倉幕府滅亡　一三三三年　元弘三年

後醍醐天皇

都だに寂しかりしを雲晴れぬ吉野の奥のさみだれの頃

生前に後醍醐とふ御名乗りに隠岐へ吉野と流転の御生涯

○建武の中興　一三三四年　建武元年
○湊川の戦い・南北朝成立　一三三六年　建武三年

とても世にながらふべくもあらぬ身のかりの契りをいかで結ばむ

楠木正行《まさつら》

湊川にて自決なしたる正成と正行親子の智・仁・勇かな

み吉野は見し世にもあらず荒れにけりあだなる花はなほ残れども

新待賢門院

吉野行きあだなる花の咲きし頃前登志夫氏に逢ひて嬉しき

君がため世のため何か惜しからむ捨ててかひある命なりせば

宗良親王

『李花集』は忘れられたる歌集にて媚薬の香り手に受けて読む

秋きぬと荻《おぎ》の葉ならす風の音に心おかるる露の上かな

今川了俊

勝者がやがては敗者移りゆく露のごときも歌は耀ふ

思ひきや三代《みよ》に仕へし吉野山雲井の花に猶馴れむとは

大納言光有《みつあり》

あふれ出る誠意のこころ花となり『新葉集』にいくつも咲きぬ

今むかふ方《かた》は明石の浦ながらまだ晴れやらぬわが心かな

足利尊氏

北朝に思ひ巡らし笑みを嚙む熊沢天皇昭和史にあり

○室町幕府成立　一三三八年　建武五年
○南北朝の統一　一三九二年　明徳三年

長慶天皇

あつめては国の光となりやせむわが窓照らす夜半《よは》の螢は

母の手の螢の光老いの坂上がり下がりのわが道照らせ

○応仁の乱　一四六七年　応仁元年

足利義尚

春近き二十日あまりのいたづらに身もうづもるる埋火のもと

出生が引き金となる戦ひに活気づきたる史書のどれもが

いにしへの天地人《あめつちひと》もかはらねばみだれは果てじあしはらの國

後土御門院《ごつちみかど》

下克上土一揆などかつこ良いと団塊世代のわれの青春

さびしかれと世をのがれこし柴の庵になほ袖濡らす夕暮の雨

日野富子

しばしばに乱の引き金悪女のレッテル貼られ息を亡くせし母

○室町幕府滅亡　一五七三年　元亀四年
○豊臣秀吉天下統一　一五九〇年　天正一八年

豊臣秀吉

忍びつつ霞とともにながめしもあらはれけりな花の木のもと

花愛でし関白ありてほのぼのと安土桃山の茶の香りかな

○徳川家康江戸幕府を開く　一六〇三年　慶長八年
○大坂夏の陣（豊臣氏滅亡）一六一五年　慶長二〇年

後水尾院

大空をおほはむ袖につつむともあまるばかりのかぜの梅が香

高らかに春を讃へる天皇の紫衣事件への怒りごもつとも

後光明天皇

霜の後の松にもしるしさかゆべき我が国民《こくみん》の千代のためしは

朝廷の衰微のもとは和歌にあり源氏《げんじ》物語にありと論旨の明解

後西天皇

へだてじな人の恵は春とともに世にみちのくも花のみやこも

重なりし災禍・凶事なほ続き祈るこころの御製尊し

桃園天皇（一二歳）

夢さめてなほもかしこき道々を思ひつづくるあかつきのそら

夭折の天皇《すめらみこと》の御製には弾むがごときの眩しさ宿る

後桜町天皇（女帝）

やはらぐる春たつ今日に吹く風は民の草葉にまづおよぶらし

夭折の谷間に咲ける国母なり民への思ひ深きが嬉し

後桃園天皇（二二歳）

おく露のひかりもそひて今日ことにめづるまがきの白菊の花

誘はれる不意の涙は露のごと白菊見入る人想ふとき

荷田春満《かだのあづままろ》

踏みわけよ大和《やまと》にはあらぬ唐鳥の跡をみるのみ人の道かは

親中の経済人に読ませたき江戸にてすでに詠まれてありき

孔子《くじ》の家守れる狗の吾が知らぬ仏を見ては吠ゆるなりけり

契沖

吠ゆる声めつきり聞かぬ世となりて令和に出よ国学の人

二つなき富士の高嶺のあやしかも甲斐にも在りとふ駿河にもありとふ

田安宗武

富士在るはいたるところに皆誇り津々浦々に銀座も在りぬ

本居宣長

敷島の大和心を人とはば朝日ににほふ山桜花

辞書よりも厚き本なりき秀雄著の『本居宣長』が書斎にありし頃

光格天皇

ゆたかなる世の春しめて三十《みそぢ》あまり九重の花をあかず見し哉

われら見る「花宴《はなのえん》」にて知る花の見事なるかな色も香も

「花宴」『源氏物語』

○寛政の改革　一七八七年　天明七年

村田春海

とまり舟苫のしづくの音たえて夜のしぐれぞ雪に成りゆく

雪降るは楽しと思ふ子供時の記憶のなかに父母の笑み

良寛

秋の日に光りかがやくすすきの穂これの高屋に上りて見れば

すすきの穂店にて購ひしものなれど窓辺に飾り秋かがやかす

○天保の改革　一八四一年　天保一二年

戈とりて守れ宮人九重のみはしの桜風そよぐなり

孝明天皇

（北畠）親房のこころ咲かせよ天皇《すめらみ》の思ひに応へむ勤王の志士

住みそむる囚屋《ひとや》の枕うちつけにさけぶばかりの浪の声かな

野村望東尼《もとに》

後鳥羽院・順徳院と吹きすさぶ無念の風に望東尼の華よ

真木保臣

おほ山の峯の岩根に埋みけり吾がとしつきの大和だましひ

嗚呼われは一度たりとも思はざる大和魂を鳴くや蟋蟀

頼三樹三郎

吾が罪は君が代おもふまごころの深からざりししるしなりけり

裁かれし戦犯たちを泣かしむる幕末すでに詠まれてゐたり　A級B・C級戦犯

見よや人あらしの庭のもみぢ葉はいづれ一葉も散らずやはある　　平野国臣

散る時に散りたる人を思ふ時歴史のなかに螢の光

○安政の大獄　一八五八年　安政五年

親思ふこころにまさる親ごころけふの音づれ何ときくらむ　　吉田松陰

戦犯の遺書の多くに引かれたる松陰のこころ抱きて散りぬ

久坂玄瑞

けふもまた知られぬ露のいのちもて千歳を照らす月を見るかな

若き日に萩の海行き大きなるみかんのやうな月を見しかな

高杉晋作

後れてもおくれてもまた君たちに誓ひしことを我忘れめや

誓ひたる約束守りその後に続く者らも守りし約束

○桜田門外の変　一八六〇年　安政七年三月三日

有村次左衛門

岩が根もくだかざらめや武夫《もののふ》の国のためにと思ひ切る太刀

雪の舞ふ桜田門の映像はモノクロさへも赤き血しぶき

（会津藩家老西郷頼母の妻）**西郷千重子**

なよ竹の風にまかする身ながらもたわまぬ節はありとこそきけ

賊軍の汚名を濯ぐ刃もて節に咲き散る華の白さよ

○江戸城開城　一八六八年　慶応四年四月
○西南戦争　一八七七年　明治一〇年二月

西郷隆盛

上衣《うはぎぬ》はさもあらばあれ敷島の大和にしきを心にぞきる

鹿児島の風景のごと大らかな熱気もありぬ西郷人気

明治天皇

ことそぎし昔の手ぶりわするなよ身のほどほどに家づくりして

豊かなる時代を生きてつくづくと素直なこころ貧に宿るを

かろげにも空とぶ鳥のつばさみてうらやみけるも昔なりけり

昭憲皇后

わが国の文明開化の足音をかくも詠まれて初雪のごと

○大日本帝国憲法発布　一八八九年　明治二二年二月

蓬生の葉末に宿る月影はむかしゆかしきかたみなりけり

夏目漱石

吾が父の墓は牛込徒歩にして十五分なり漱石記念館

○日清戦争　一八九四年　明治二七年八月

落合直文

弾丸《たま》にあたりたふれしは誰そふるさとの母の文をばふところにして

変らぬは古今東西ふところの文の篤さと忠義の重み

正岡子規

もののふの屍《かばね》をさむる人もなし菫《すみれ》花さく春の山陰

元気なる子規を思ふは楽しかり野球談義はさぞや面白

○日露戦争　一九〇四年　明治三七年二月

乃木希典

花をいけ茶をのむ道をならふとも腹切るすべをわするなよ君

武士《もののふ》に縁無く生きて老い迎へ学ぶ歴史に泣かさるる歌

東郷平八郎

えびす等がよせくる艦《ふね》を沈めても御稜威《みゐつ》を挙げよ皇国人《すめらくにびと》

元帥の歌とはかくや背筋をば延ばし読むなり元帥の歌

○明治天皇崩御　一九一二年　明治四五年七月三〇日

天つ日の光はきえてうつせみの世はくらやみとなりし今日かな

山縣有朋

有朋にまごころの歌詠ませたる明治天皇の評伝繙く

春の夜はほがらほがらにあけそめてあらはれ渡る庭桜花

大正天皇

口ずさむ大正天皇の御製から花の満ちたる春を楽しむ

貞明皇后

きりすとも釈迦も孔子もうやまひてをろがむ神の道ぞたふとき

初詣バレンタインにクリスマス愚かなわれを抱くがごとき

○関東大震災　一九二三年　大正一二年九月一日

坪内逍遙

ノアの世もかくやありけむ荒れくるふ火の海のうちに物みなほろびぬ

親戚を数多亡くせし母からの約束のごと慰霊堂へ向ふ

○大正天皇崩御　一九二六年　大正一五年一二月二五日
○芥川龍之介自殺　一九二七年　昭和二年七月二四日

朝顔のひとつはさける竹のうらともしきものは命なるかな

芥川龍之介

文学の故郷といえば芥川夭折の花格別愛し

○二・二六事件　一九三六年　昭和一一年二月二六日
同事件に連座し七月一二日処刑

道の為身を尽くしたる丈夫の心の花は高く咲きける

栗原安秀

鯛焼きを食みつつ登る賢崇寺二月七月墓参りかな

南原繁

重大のこと起れるにかかはりのなきが如くに人ら往きてかへるも

この年に阿部定もあり面白き時代といふは浅はかなるや

○盧溝橋事件のちに支那事変に発展　一九三七年　昭和一二年七月七日

箕浦克巳

国興り盛んにありしいにしへのおもかげ失せず南京城あり

南京の戦さは今も続きたり三十万とも残虐無とも

渡辺三夫

このあした声さへ立てず斃れたる戦友《とも》の頭の遺髪摘むなり

読むたびに声の詰まりて戦友を持たざるわれの孤独を知りぬ

土屋文明

帰還せる友は語らく水汲《みづくみ》の支那少年と別れ惜しかりしこと

北支にて父の戦地の写真にも支那少年あり運命いかに

○大東亞戦争開戦　一九四一年　昭和一六年一二月八日

わが胸はいまこそ躍れ真珠湾爆撃の音《おと》もそこに聴くがに

吉井勇

父母の若きが胸に猛りたる開戦の日の記憶も聞かず

老いびとの英霊のうしろ黙行くは父にちがひなし吾が拝むなり

川田順

父母も英霊に手を合はせたるその手に兄は抱かれたるかな

与謝野晶子

子が船の黒潮越えて戦はん日も甲斐なしや病ひする母

戦場に子を送り出す祖母の顔母は幾度も語りし戦後

昭和二〇年四月一二日　鹿屋特攻基地より出撃

石野節雄（一九歳）

今日あるはかねて覚悟の梓弓敵の空母に真一文字

鹿屋にはきよらきよらの空気あり胸いつぱいに吸ひて還りぬ

第三十二軍司令官　六月二三日沖縄摩文仁にて自決

牛島満

秋を待たで枯れゆく島の青草は皇国《みくに》の春に甦がへらなむ

いま少し今すこしなほ青草の伸びゆくまで祈り待つなり

○終戦　一九四五年　昭和二〇年八月一五日

二上範子

三人《みたり》の子国に捧げて哭《な》かざりし母とふ人の号泣《がうきふ》を聞く

戦争を知らぬ男の義務として月に一度は靖国へ行く

影山正治

耐へがたきに耐へて生きむと朝夕に祈り生くれど生きの苦しも

父母の苦しき時代《とき》にわれ生れ嗚呼親不孝数限りなし

○日本国憲法施行　一九四七年　昭和二二年五月三日

市川勢い子

聞こえ来る国改まる日の君が代をききつつをれば涙いでむとす

アメリカに飼ひ馴らされてめつきりと国粋主義者数を減らしぬ

昭和二三年一二月二三日処刑　開戦時の内閣総理大臣

東條英機

例へ身は千々にさくとも及ばじな栄えし御世を堕せし罪は

感謝す東京裁判の戦ひを悪一身に受けくれしこと

○日本は主権を回復　一九五二年　昭和二七年四月二八日

昭和天皇

国の春と今こそはなれ霜こほる冬にたへこし民のちからに

父母も冬にたへたる民なれど感謝すること無き息子《こ》なりわれ

○日米新安保条約調印・発効　一九六〇年　昭和三五年六月

岸上大作

血と雨にワイシャツ濡れている無援ひとりへの愛うつくしくする

美しき恋と革命誰でもが夢に酔へども覚むるは早し

○東京オリンピック　一九六四年　昭和三九年一〇月一〇日～二四日

青山美代子

マラソンのゴールに入りて崩るがに蹲《うづくま》る見ゆ円谷選手

生真面目な男のゆゑに自死をなす円谷選手日本の誇り

○三島事件　一九七〇年　昭和四五年一一月二五日

散るを厭《いと》ふ世にも人にも先駆けて散るこそ花と吹く小夜嵐

三島由紀夫

腹切りのあの瞬間に文学は古典となりて人は伝説に

○連合赤軍あさま山荘事件　一九七二年　昭和四七年二月

坂口弘

榛名山夜の林に明り漏るリンチの小屋に帰りゆく吾も

声あげて反体制を叫びたる若者は今老いと戦ふ

○沖縄日本復帰　一九七二年　昭和四七年五月一五日

琉球は英語を話すかと問はれたる女子大生はするどく反撥せり

山田鉄雄

ひめゆりの少女の本を開く時蝶が舞ふなり白きが哀れ

○日航機一二三便墜落事故　一九八五年　昭和六〇年八月一二日

木内かつ子

（木内静子一七歳の母）

藍ふかし御巣鷹の尾根に散りし娘よ十七歳の春は帰らじ

展示さる圧力隔壁・椅子などが言葉を奪ふ涙も奪ふ　「安全啓発センター」

○昭和天皇崩御　一九八九年　昭和六四年一月七日
○阪神・淡路大震災　一九九五年　平成七年一月一七日

美智子上皇后

この年の春燈《しゅんとう》かなし被災地に雛なき節句めぐり来りて

瓦礫なる街の応援われも行きくぎ煮を知りて明石焼きも食む

○オウム真理教地下鉄サリン事件　一九九五年　平成七年三月二〇日
オウム真理教被害者の会編『それでも生きていく』一九九八年

五十代女性

天災も人災もあわぬ者にはわからぬ本音　句

テロ組織壊滅できぬ日本は自由とふ悪魔乙女のごと抱く

○東日本大震災・福島第一原発事故　二〇一一年　平成二三年三月一一日

明仁上皇

津波来《こ》し時の岸辺は如何なりしと見下ろす海は青く静まる

映像が津波を映し火事を見す膝を交へて陛下寄り添ふ

○平成から令和に　二〇一九年　平成三一年四月三〇日

令和元年五月一日

○中国武漢で発生したウイルスが世界を恐怖と混乱に陥れる

日本でも緊急事態宣言　二〇二〇年　令和二年四月七日

今上天皇

人々の願ひと努力が実を結び平らけき世の到るを祈る

マスクして手洗ひうがひ世を狭く引きこもりつつ静かに老いる

参考
『和歌に見る日本の心』小堀桂一郎
『尋常小学國史』昭和一〇年　復刻版
『初等科國史』昭和一八年　復刻版
『物語日本史』平泉澄
『天皇の国史』竹田恒泰
『名歌名句辞典』など

修身

たらちねの母の語りしこれやこのキグチコヘイのラッパの話

「トシヨリ　ニ　シンセツ　デアレ」振込の手順教へる電話のかかる

震災のガレキ受入れかく拒むエゴの渦巻く「ナンギ　ヲ　スクヘ」

「トモダチ　ニ　シンセツ　デ　アレ」貸した金戻らぬままに友はあの世へ

「押し買ひ」と「振込み詐欺」にキヲツケヨ　老後を生きるわれの修身

闇照らす忠義のために子を殺す松王丸の装束に泣く

「クスリヨリ　ヤウジヤウ」なり週五日医者通ひなすわれの勤勉

Ⅳ　私の好きな男と女

ふみ子（中城ふみ子）

下駄穿きて町を歩きし少年期古き映画にほろり母恋ふ

若き日の月丘夢路美しきかな又も見たしや「乳房よ永遠なれ」

夭折のふみ子演じたる女優の九十四歳の天寿を知りぬ

病室の暗きがなかに笑ひあり隣りの患者飯田蝶子なり

歌自在包容力抜群の陽子先生の眼鏡懐かし　大塚陽子

マチ子（京マチ子）

京マチ子展　二〇一五年一〇月八日～一二月二二日　早稲田大学演劇博物館

この時私は初めて早稲田大学の敷地に入った

映画館娯楽と夢を授けたる時代のありて美男美女あり

妖艶な時代知らざるは無念なり母のやうなる陽気なをみな

入口に勲章二つが出迎へるポスターは放つ昭和の香り

「細雪」「赤線地帯」の台本は牙を休めし剝製のごとし

うつとりと和服姿の京マチ子と映画の時代に見とれてゐたり

一九六二年「黒蜥蜴」

楽しきは三島の戯曲と映像の京マチ子を比ぶる真昼間

一九五三年「雨月物語」

凡なるが幸と思へど美女の住む館にしばし暮す夢かな

だんだんに悪女の似合ふ女優の減りしこの頃空気からから

いくつもの家の周りの映画館夢のごとくに跡形も無く

二〇一九年逝去

命日はわが誕生日京マチ子九十五歳の五月十二日

巣鴨には洋食中華刺身と何でもござれの「ときわ食堂」

加代子（森山加代子）

二〇一九年三月六日逝去　享年七八歳

格別な森山加代子のプロマイド　好きな一枚おさげ髪なり

父と母兄も逝きたる平成の終はり間近の加代子の訃報

詞の意味の不明こそ良し「じんじろげ」「パイのパイのパイ」に胸ときめきぬ

毎年の八月十二日空見つめ坂本九の酷暑を思ふ

リズムとり坂本九の真似をせし春の日射しをこの頃に恋ふ

三島由紀夫

映画「三島由紀夫VS東大全共闘」が二〇二〇年三月二〇日から公開された

ああ三島「全共闘との対論」の映画となれば駆け込みて見る

三島吸ふ学生たちもすぱすぱと煙草の臭ひ映像にあり

「諸君の熱情信ず」と三島語り終へ翌年に知る有言実行を

目を細め三島のポスターに足を停む若き日見入る顔の幾たり

立て板に水の三島の講演を一度聴きしはわが誇りなり

朝潮の三島由紀夫の長嶋と昭和の胸毛しばしば恋し

限りなく劇画風なる死のゆゑに悲劇と喜劇の二度も泣かする

三島の死告ぐる新聞雑誌類今も手にある捨て時はいつ

目玉なり見学コースに刃傷の三島事件は商ひになり　市ヶ谷防衛省

うつせみの好きな写真と問はるれば神輿を担ぐ青空の顔

生真面目な「からつ風野郎」「人斬り」に「憂国」もまた切なくをかし

横田滋さん

二〇二〇年六月五日逝去　享年八七歳

滋さんジグソー・パズルを埋むるごと話すがゆゑにひしひしと聴く

新潟の二十年前の集まりに海のかなたの闇を見つめぬ

北風の柏駅前に並び立ち署名集めし記憶温むる

吉田満・金子兜太に滋さん日銀マンの朴訥の美し

横浜に工作船は展示され背筋の凍る刻を宿しぬ

少女時代

少女時代　韓国の九人（後に八人）組のアイドルグループ
名を変え五人で活動をしていたが、令和四年八月少女時代は再び
八人での活動を開始した
ＫＡＲＡ　韓国の五人（後に四人）組のアイドルグループ
現在は活動停止
ともに二〇一一年紅白歌合戦出場
東日本大震災には多額の義援金を送ってくれた

介護から戻りし夜は浦島の心地となりて少女時代見る

海鳴りに竜宮を恋ふる夜に見る少女時代の踊り艶やか

頬に手を当てる場面が「Ｇｅｅ」にありスヨンの刻む時の麗し

康成の『眠れる美女』の行間にスヨンの脚がすらりなまめく

さにづらふ少女時代のポスターが国粋主義者のわが部屋飾る

まだ惚けぬ少女時代の九人の名をばすらすら手品のごとく

KARAの曲「GO GOサマー!」にリズムとるまだまだわれに若さ宿りぬ

メンバーのク・ハラ　二〇一九年一一月二四日逝去　享年二八歳

作品に凄みを増すは作家の死ただただ哀しアイドルの自死

うばたまのク・ハラの眠り安らかにわれ惚けるともＫＡＲＡを忘れず

芙美子（林芙美子）

ちりばめし啄木の歌効果ありぽろり涙の『放浪記』かな

貧しくもトルストイ読みチェホフと日々の記録のけなげ尊し

『風琴と魚の町』読むほどに母の少女期思ふ朝焼け

『晩菊』や「きん」の色気と自負香るをんなの家の火鉢の烱り

四囲《あたり》とふ芙美子の好きな言葉かな長編にも小品にもあり

『浮雲』のをとこ富岡憎めぬよ芙美子の筆にまざまざと酔ふ

四季ごとに花の咲き継ぐ記念館木造ゆゑに木漏れ日やさし

葬儀にはファンの数多集ひしと映像流すギャラリーのあり

万昌院功運寺　戒名「純徳院芙蓉清美大姉」

戒名に芙蓉の咲きてみ寺には吉良も眠りぬ可愛ゆいお墓

＊　＊　＊

両手を拡げてもなほ広々と芙美子の海の尾道来たる

階段をゆつたり下り大岩の「放浪記」を背伸びして見む

可愛くて愛しき思ひに見つめたり芙美子の像を夕陽が包む

潮の音の海辺のホテルとろりんと芙美子の海に抱かれ眠る

＊　＊　＊

北九州門司区「林芙美子記念室」

ぎしぎしと階を昇りて門司の海眺めつつ見る芙美子の手紙

禁止さる写真撮影じつくりとこころの窓にポスター映す　映画「浮雲」

ひつそりとパスポートありあな嬉し北九州文学館の芙美子の遺品

便箋にクリアファイルとたつぷりと購ふは芙美子の名の付くものは

ＪＦＫ（ジョン・Ｆ・ケネディ）

ＪＦＫ―その生涯と遺産展　国立公文書館　二〇一五年三月六日～五月一〇日

一九六三年一一月二三日

宇宙からの中継待ちし食卓にケネディ撃たるる画像飛び込みぬ

手繰り寄すくるりくるるくる歴史からキューバ危機の張り詰めし糸

「人生の絶頂で死んで幸せ」とケネディの死に三島の名言

米国の陽射し愛しやケネディにモンローにアリ今なほ眩し

真夏の夜弟ロバートの死のニュース二十歳のわれの肝を冷やしぬ

団塊われらＪＦＫの撃たれし日を熱くそれぞれチラシに語る

直筆のＪＦＫのサイン見る公文書館は桜の最中

書簡あり「昨日の敵は今日の友」ケネディの艇沈めし艦長に

箱入りの本は『ケネディ』高校のわれの指紋の旺文社文庫

安珠のおかげ（高見澤安珠）

二〇一六年　リオ五輪女子三千メートル障害日本代表

号砲とともに飛び出す先頭にこれぞ安珠の心意気なり

二〇一五・二〇一六年　日本選手権連覇　自己ベスト九分四四秒二二

羊連れ教会から教会へ起源面白三千メートル障害

二〇一六年一〇月三〇日　全日本大学女子駅伝松山大学優勝

校庭の横断幕の咲き満つる駅伝チームの安珠はアンカー

二〇一七年六月二四日　日本選手権

追ひ抜けぬ前の二人を追ひ抜けぬ口惜しき汗の散るゴールかな

久万ノ台グラウンド

たつぷりと安珠の汗も吸ひ込みしかな緋色の土の輝きを見ぬ

温泉と松山城の階はわれに急なりハードルのごとし

わが街に都電走りて松山の市電に妹を見るここちかな

子規像のわれの写真は珍しく笑顔の満ちて記念となさむ

赤々とギヤマン硝子染めあげて湯治の客は白鷺に微笑む

櫻井忠温

『肉弾』の作者は画にも長けたれば師の『坊ちゃん』を絵葉書となす

くりくりの坊主頭の子規の絵の葉書は温し道後の夜道

二〇一六年の全日本大学女子駅伝の、優勝のテープを切ったのが高見澤安珠選手である。何て魅力的な選手なのだろうと思った。高見澤選手が在学中にと思い、翌三月に子規の足跡を巡りつつ松山を歩いた。松山大学の優勝メンバー達の横断幕をカメラに収めたり、少し離れた陸上競技の練習場にも行った。高見澤選手は大学卒業後は、実業団の資生堂に所属したが度々の怪我に泣き、目立った活躍が出来ずに、二〇一九年一二月二四日二四歳で現役を引退した。

愛媛松山をゆっくり巡ることが出来たのも、三千メートル障害という競技がこんなに好きになったのも、高見澤安珠選手のおかげである。

東京オリンピックの三浦龍司選手の七位入賞は嬉しいニュースであり、女子は大東文化大学の吉村玲美選手に注目している。

三十三回忌（小泉喜美子）

小田原に小泉喜美子の墓ありて抱へし花の白菊香る

新刊を待ち侘びし日の記憶など海に向く墓包む陽だまり

市川団十郎（十二代目）二〇一三（平成二五）年逝去　享年六六歳
中村勘三郎（十八代目）二〇一二（平成二四）年逝去　享年五七歳

団十郎も勘三郎も逝きしこと告げてのたうつ海鳴りを聴く

阪神の優勝したるその日なり事故に遭ひしは逝きて三十二年

お薦めのミステリー読み歌舞伎を見熱気の宿る日記綴りぬ

「ミステリーは大人の童話」月光の蒼が照らしぬあなたの著書を

潮香る小泉喜美子の墓前にて「昭和ミステリーのブーム」を語る

戴きし手紙四通葉書一宝石のごと光沢見入る

小泉喜美子　作家・翻訳家　代表作『弁護側の証人』『男は夢の中で死ね』
昭和六〇年一一月七日逝去　享年五一歳

私が小泉喜美子のエッセイを読んだのは、昭和五四年八月である。なんて歯切れの良い生き生きとした文章なのだろうと思い、いくつかの小説も読み、そのどれもに期待を裏切られることのない感動があった。そして、小泉喜美子が、歌舞伎の魅力について記したエッセイなどに触発され、歌舞伎を時折見るようにもなった。

それから一年ほどして私は直接手紙を書き、読んだ本の感想と、他にどの様な著書があるのかなどの問い合せをした。間もなく、刊行した本と予定が原稿用紙に書かれた手紙が届いた。そこには「外国ミステリーチャンドラーやライスやボワロ&ナルスジャックなどどうか読んでみて下さい」と書かれてあった。ライスという名の作家などいるのだろうかと思った。

小泉喜美子の作品は月刊誌の「小説現代」や「小説推理」に載ることが多

く、新聞広告を見て、あっ今月は「小説現代」だ、と昼休みに書店に駆け込みその日は早く帰りゆっくり作品を味読した。そして、年に一・二度読んだ本の感想と見た歌舞伎についての印象を記した手紙を出した。その都度返事をくださり、また新刊の本も贈ってくださった。

私が小泉喜美子に会ったのは、昭和六〇年五月二四日である。「ミステリマガジン」の広告で「ハメット・バースディパーティのゲストに小泉喜美子」という記事を見た時、手が震える様な思いだった。

当日はレストランでの四〇人ほどの集まりだった。隣りの席に座らせて貰い、夢の様な楽しい時間だった。「女はしあわせになったら良い作品が書けない。私みたいな不幸せでブスが良い作品は書けるの」とユーモラスに語っていた。一〇月に私は新潟に旅行をしたので、「赤い酒」を送った。一〇月九日付けの葉書が最後の便りとなった。

「赤い酒」を送って下さってありがとうございます。

初めて頂く珍しい品で、楽しみに頂戴しています。「婦人公論」別冊のオカルト・ミステリーの〆切を急に一か月早められ、ぶつぶつ言いながら間に合わせたのですがくたくたに疲れ果ててしまいました。……この頃は回復力が衰えてかないません。当分のんびりやろうと思っています。

そして、私は一一月八日の朝刊で、前日の小泉喜美子の死を知るのである。告別式は一一月一七日に行われた。私は小泉喜美子との思い出を、私の住んでいる団地の同人誌に載せた。それを戸板康二先生に送り「一度だけお会いになったということは、ご縁が深かったのですね」というお手紙を頂いた。

以後、八年ほど私は毎年一一月七日に、築地にある小泉喜美子の実家を訪れた。料亭「築地田村」の隣りの杉山洋服店である。いつもお父様・お母様・弟さんが歓待してくださった。お父様は洋服職人、お母様は芸術家肌の方で「昨日テレビで見たアメリカのスパイ映画は面白かった」などと語る方だった。実家から歩いて七・八分のところにある、小泉喜美子の住まい兼仕事部屋へ案内してくださった時もあった。

お母様は歩きながら事故の一報を聞いた時、「日本のミステリィは暗くてつまらない」などと批判していたから、誰かにやられたかと思ったと語った。事故に遭ったスナックの階段は、さほど急なものでは無かったが、木造なので手摺のないこと、暗いこと、そして小泉喜美子がサンダル履きだったことが禍したのである。スナックの経営者は小柄で饒舌な人だった。「私が救急車を呼んだのです」と語っていた。この人は現在は亡くなっているが、映画に詳しく専門の評論家でも、この人に意見を聞きにくるほどであることを知った。そして、数か月後にこのスナックの辺りは区画整理となり、大きなビルの地下に店は移転した。

小泉喜美子の住まいに案内してくださった時、お母様が「事故の日」に同行していた男の本を、引きちぎって捨てたと語っていたのが印象的だった。また、小泉喜美子が原稿を書いていた座り机に、お母様がすわった時、少し微笑みを浮かべられた事も忘れられない。

「どうぞ好きなだけ本を持って行ってください」と、小泉喜美子の愛読していた歌舞伎の本を何冊か頂いたこともあり、また弟さんが案内してくださった時、お願いして傘を貰った。それは小泉喜美子に会った時、二次会へ向うため会場を出たところの傘立てに、小泉喜美子の傘が開いてしまっていたので、私が根元から取り出したのである。その傘である。

そして、お母様・お父様やがて弟さんも亡くなられた。店の看板が外され空家になっていた。

平成二九年一一月六日この日は酉の日であり、近くの波除神社では酉の市が行われていた。そして、この日はアメリカのトランプ大統領の来日による築地訪問で、厳戒体制であった。小泉喜美子の実家は取り壊されて、駐車場になっていた。写真に収めようとしていた時、女性警察官に「ここでは立ち止まれないんです」と言われた。「ここは私が好きだった小説家の実家で、写真を撮ったら立ち去る」と話していると、男性警察官も近づきようやく了解を得て写真に収めた。

翌日、私は小泉喜美子の墓に行き、この報告をした。そして、この年の八月に中公文庫より刊行された『殺さずにはいられない』の日下三蔵の解説を朗読した。

「今まであまり傑作はなく、世間も認めていない」どころか、三十年後にも短編集は次々と復刊され、長編は日本ミステリの新たな古典として読み継がれていますよ、と生前の小泉さんに伝えることが出来たら、一体どんな顔をされるだろうか。

この日、平成二九年一一月七日は三三回忌にあたる日である。神奈川県小田原の海はキラキラと輝いていた。

ミコちゃん（弘田三枝子）

二〇二〇年七月二一日逝去　享年七三歳

夕刊を配る街角の煌めきは弘田三枝子の歌と夕焼け

夏休み山も海へも行かねども「ヴァケーション」から聴きし山びこ

団欒にラジオを囲む夕涼み「砂に消えた涙」の青き月あり

太りたるミコちゃんが好き宿題を忘れたる日の夕陽のやうに

こんなにもわれも元気にＣＭの功徳ありがた「アスパラで生き抜こう」

眩しかる「ワンサカ娘」の「レナウン」のポキリ音立つる令和は哀し

夢を売り夢を買ひたるレコード屋全て消えたるわれの故郷

忘れない（周庭氏）

二〇二〇年六月　香港国家安全維持法により一国二制度は崩壊した

つかの間の恋を彩る香港の海の輝き「慕情」も遙か

香港の自由を守れと目の澄める若きらのデモ忘られぬ夏

忘れないつぶら瞳の周庭氏のこころを開きしあの雨傘を

チャンバラと呼吸の通ふ面白さ「燃えよドラゴン」今こそ出でよ

無残なり天安門へ制裁を拒みし国にわれ生きてあり

ジュリー（沢田研二）

二〇二二年　ソロ活動五〇周年ライブ
・一〇月一七日神奈川県民ホール
・一一月三日東京国際フォーラム

昭和五二年九月横浜市緑区に米軍機が墜落
母と幼い子二人が死亡

むつまじき「愛の母子像」に手を合はせ薔薇咲き満つる港の見える丘公園

「コバルトの季節の中で」

はるばると横浜に聞く「髪型がかわりましたね」さらりと沁みる

今地味な衣装で唄ふ「Ｔ　Ｏ　Ｋ　Ｉ　Ｏ」蒼のライトに聞き惚るるなり

今もなほ「やさしい女が眠る街」破れてもなほ抱く夢あり

今もなほ「哀しい男が吼える街」老いてもなほも馴れぬ哀しみ

蒼白きライトが照らす色気かなジュリーは今も異端が似合ふ

若き日は容姿を羨み老いて今コンサートなす体力妬む

モテし者モテざる者も古希を過ぎ叩く拍手に我らがジュリー

休日の有楽町の静かなる珈琲ぬくしうつとりぬくし

すずちゃん（広瀬すず）

青春をかるたに懸けし「ちはやふる」映画のなかの広瀬すず眩し

琵琶湖見て近江神宮巡りたる三年前の歌の辻占

「大江山」取られてなるか「ま」を見つむ母の好みは「白露」になり

どんな顔小式部内侍願はくば広瀬すず似であれば嬉しや

二〇二一年一〇月三一日　全日本大学女子駅伝

晩秋のみちのく走る不破《ふは》聖衣来《せいら》薔薇の蕾の開くを見たり

いつの日か小柄で華奢な少女の立つる記録をまどろむ真昼

六人をさらりと抜きて注目に応へる少女の目許涼しき

不破聖衣来姉の名亜莉珠《ありす》広瀬すず姉の名アリス明日も楽しみ

太宰治『女生徒』

『女生徒』を画像にすれば広瀬すずそんな気になる「海街ｄｉａｒｙ」

広瀬すず大女優への夢満つるその日まであれわれの命よ

あとがき

十二年前にサラリーマン生活と縁を切った直後から、腎臓の機能が低下し大学病院への通院を始めた。惰性で吸っていた煙草をやめそれから数年して酒もやめた。塩分やたんぱく質の摂取にも配慮する生活だった。

今のうちにと思いあちこちに旅行に行った。とりわけ北海道と山陰地方が大好きだったので、この歌集も『山陰慕情』とした。鹿児島の特攻基地や台湾へ行ったことも楽しい思い出である。

そして、昨年の六月から人工透析の生活に入った。第三の人生が始まった。この歌集はその第三の人生の誕生を祝してのものである。この間のうたをテーマごとに並べた。「ブリューゲルに出逢う旅」は旧いものであるが、今までの本に入れていないかったものである。「国史百首」は詠み下ろしの作品である。

また昨年の五月にある男が死んだ。私がうたを詠む使命感も潰えていくような気がした。私が歌の世界に足を踏み入れた頃（昭和六二年二月）には、男は歌の世界から遠ざかったようである。私はその男以上の歌人になれただろうか。それどころか、私のうたは一本調子で散文調でしかも感傷的。人を震撼させるものを一首も詠むことが出来なかった。男の死によって、私は「前衛短歌」「前衛歌人」というものへの憎悪や嫌悪から解放されるだろうか。

私のうたは年齢を重ねてもミーハーのうたである。スポーツやアイドルばかりでなく、歴史や戦争に向きあっても私はミーハーである。

今後ともうたを詠み続けて行くが、もう歌集を出すことはないだろうと思い、五四三首を集め「最終歌集」とした。

十二年の間に父の死があり、「開放区」の田島邦彦さんや「潮音」の穴澤芳江さんなど大切な人との別れがあった。とりわけ、田島さんが亡くなってから、私は現代短歌への興味をほとんど無くしてしまった。代わりにいうのも変であるが、今まで全く疎遠だった古典和歌や古典文学に、惹かれ親しんでいるこの頃である。古典和歌にある歌の贈答は、近現代の短歌には途絶えてしまったものである。赤染衛門の贈答など凄く面白い。「国史百首」はそんな思いで詠んだものである。

「開放区」に連載し、現在は林田恒浩氏のご好意により「星雲」に連載している「BC級戦犯たちのうた」を纏めるべく努力を今後はしたい。作品の多くは「潮音」「開放区」「ぱにあ」に載せたものである。多くの方々のお世話になり、作品は晴れて歌集という舞台を踏むことになった。

とりわけ「ぱにあ」の秋元千恵子さん、「潮音」の木村雅子さん、はじめ「潮音」や「新墾」の人々の励ましに感謝の意を表したい。ありがとうございました。表紙の絵は「新墾」の近藤三枝さんにお願いしました。私の大好き兵庫県の城崎温泉の風景です。

また、出版に際して短歌研究社の國兼秀二社長、菊池洋美さんに大変お世話になりました。

福島久男

著者略歴

1948年	（昭和23）	5月12日　東京都北区滝野川生れ
1987年	（昭和62）	短歌結社「潮音」入社
		一時「地中海」にも所属
1992年	（平成４）	第一歌集『男は夢の中で』を刊行
		短歌同人誌「開放区」に参加
1993年	（平成５）	短歌文芸誌「ぱにあ」に参加
2001年	（平成13）	第二歌集『チャンピオン』刊行
2010年	（平成22）	第三歌集『聖地巡礼』刊行
2014年	（平成26）	日本雑誌短歌連盟　第三回雑誌評論賞受賞

検印
省略

令和四年十月二日　印刷発行

歌集　山陰慕情《さんいんぼじょう》

定価 本体二七〇〇円
（税別）

著　者　福島久男《ふくしまひさお》
郵便番号一七五―〇〇八二
東京都板橋区高島平二―三三―三―五一一

発行者　國兼秀二

発行所　短歌研究社
郵便番号一一二―〇〇一三
東京都文京区音羽一―一七―一四　音羽YKビル
電話〇三（三九四四）四八二二・四八三三
振替〇〇一九〇―九―二四三七五番

印刷者　KPSプロダクツ
製本者　牧製本

ISBN 978-4-86272-714-5 C0092 ¥2700E